당신의 벽에는 원래 시계가 가득했다

시작시인선 0391 당신의 벽에는 원래 시계가 가득했다

1판 1쇄 펴낸날 2021년 10월 4일
지은이 나은동희
펴낸이 이재무
책임편집 박은정
편집디자인 민성돈, 장덕진
펴낸곳 (주)천년의시작
등록번호 제301-2012-033호
등록일자 2006년 1월 10일
주소 (03132) 서울시 종로구 삼일대로32길 36 운현신화타워 502호
전화 02-723-8668
팩스 02-723-8630
홈페이지 www.poempoem.com
이메일 poemsijak@hanmail.net

ⓒ나은동희, 2021, printed in Seoul, Korea

ISBN 978-89-6021-583-2 04810
　　　978-89-6021-069-1 04810(세트)

값 10,000원

당신의 벽에는 원래 시계가 가득했다

나온동희

천년의 시작

봄날 저녁 무렵에
사거리 횡단보도를 건너며
따뜻한 바람과 노을을 기억하기로 했다

어제는 잉크 뚜껑을 열었다
쏟아지는 햇살은 여전하고
창문이 눈부셨는데
푸른색 잉크를 보며
밤하늘을 기억하기로 했다

무용한 것들을 기억하면서
나는 계속 앞으로 가고 있다
이번 생에서는
아름다운 당신과 많이 온 듯하다

차 례

시인의 말

해 설

제1부 투명하게 비치는 것을 겹치면 푸른 밤이 되었지

가려움

물감을 팔레트에 짜면서
점점 집착한다

노랗고 검은 것
파랑이면서 더 푸른 것들이
저마다 자세한 얼굴들을 하고

길고 슬픈 쪽의 색을 만지면
왼쪽 손바닥과 오른쪽 눈가 쪽에서
순서대로 비가 내린다

풀어질 대로 풀어진 모서리들이
더 선명한 쪽으로 옮겨 가듯

옮겨 가서 사라지지 않는
견고한 형태로 펼쳐지듯

노력하지 않았는데
번식한다
증식한다

\>

창문을 다 열어 놓은 것과
창문을 닫지 않은 일은

가볍고 투명해서
새벽까지의
풍경이 완전히 다르다

물감을 짜면
이미 물감이 아니라서

팔레트 밖으로 밀려나 볼까
새벽까지 상상하면서

얼굴을 감싸 쥐는 쪽으로 자라는
다섯 개의 손가락에
방향을 내어 주면서

너는 양팔이 긴 스웨터를
투명하게 풀어
아무도 모르는 저녁에 걸어 두었지

\>

어떤 물감들은

있는 힘을 다해 아무것도 하지 않는다

엠보싱

어떤 저녁은 슬픈 부리를 가진
새의 눈동자 같았지

나무는 무질서 있게 확산하였고
가지마다 풍경이 부풀었다

나는 다정하지도 지루하지도 않은 저녁을 꾹꾹 누르며
오로지 무한해졌다

사과가 붉어지는 소리와 그 직전의 동그란 사이에서
누군가 악수를 하고
악수는 사과를 들여다보고

당신이 뭐가? 라고 물으면
무슨 미련일까
보일러를 껐는데 자꾸 방이 뜨거워진다
아무 치장도 없이 두리번거리지도 않고

투명하게 비치는 것을 겹치면
푸른 밤이 되었지

\>
당신의 저녁이 지워지는 건
나의 유일한 일이었으므로
손에는 자꾸 상처가 났다

결코 녹아서 사라지는 일이 없는 사과와
슬픈 부리 쪽으로 사라지는 눈동자들을
성실하게 견디고 싶은

천 개도 넘게 볼록한 저녁이었다

동그란 서재에서

기억하자면 작은방을 책임지는 난로는
명랑했다

긴 밤과 긴 낮을 보내야 하는 궁리의 얼굴은 더
모호해졌다

노란 풍선은 따뜻하지도 작은방도 아닌 그저
책임이었고

아무것도 책임지지 않는 고양이의 검은 얼룩만
친근했다

거울들의 믿음은 내가 눈을 뜰 때까지 눈을
감고 있는 것

옆에 앉은 어떤 문장의 슬픔을 알려면
내 마음속에 슬픔이 있어야 한다는 히브리어를
오른쪽부터 오래 읽었다

서슴없이 푸른 자두를 떨어뜨리던

굵은 밑동의 삶들이 몇 번 시멸示滅하고도

같은 목록의 종을 이루는 이곳에
나는 또 잠시 밀려온 듯한데

궁금하다

날 생각하는 당신이 있는지

당신이었는지

알아챈 슬픔은 이미 슬픔이 아닌지

누가 생각을 꿈꾸었나

다리미 모양의 주전자
주전자 모양의 라디오 라디오 모양의 탁자

창문을 접었다 펴면
저녁으로 기울어져 자라는 바깥이 있고

나타내기를 멈추었다가
동시에 다른 것으로 나타나는 모양들이 있다
그러므로 사라지는 일이 없는 탁자

사라진 거미는
어떤 모양의 속도였을까를 생각하는 정직한 결별들

너는 너의 머리를 귀 기울여 염색할 필요가 없지만
너는 너의 걸음을 더 빠르게 할 수 있다

알았기 때문에 다시는 물어볼 수 없는 정적의 건너편
꿈들이 이쪽으로 건너올 수 있을까
더욱 멀어진 오늘과 이미 깨어질 계란은

＞
풍경을 중시하는 나와
달력을 중시하는 너와의 오랜 대치

나는 뜨거운 생강차를 마시러
이제는 들어가야 해
그러니 태도를 분명히 하렴

다섯 개의 토마토 중
노랑과 주홍의 맛을 구별하는 법은
자꾸 어려워졌다

나일론 혹은 나일롱

불현듯 세 개의 티셔츠를 버리는 일도 어렵지 않지만
행인들이 알아보는 여름밤은 접은 지 오래야
소심한 모자를 걸어 두었던 저녁을 넘기고 나는 흔해진다

밑줄 그은 오전의 이름을 돌돌 말아서
서랍 속에 집어넣을까
차가운 발목을 의자 밑으로 내려놓을까
티셔츠와 물감 두 개는 사소하지 않은 쪽으로 밀어 버릴까

너는 어디까지 알고 있니
다라고 말하는 다는
어디일까 무엇일까
흔한 거와 흔하디흔한 사이에서
아는 척 말하면 안 되는 다

어두워진 다음부터 잠을 잘 시간까지[*]
이곳은 내 방이어서 너에게 이름을 펼쳐 주지 않을 거야

모든 시작은 낯설지만
나일롱처럼 아무것도 아니어서

방향의 처음마다 무엇이라도 더 흔해질 수 있다

덮을 때마다 챙겨야 하는 것들이 다 다르니
늦게 오는 밤을 기대해

* 헬레나 노르베리 호지, 양희승 역, 『오래된 미래』, 중앙북스, 1992.

점심과 오후와 밤

어떤 타이밍은 놓치는 게 좋다
붉은 꽃들을 묶어
붉게 물든 저녁에 대어 보는 일들이 그렇지

사소하지 않은 방식의 모서리들은
원형의 시간 속에 가득하지만
새가 날아오르는 방향을 아는 것이
실제로 더 쉬워지는 것은 아니다

내가 아는 어떤 나라에서는
서로 둥글게 모여 앉아
오른쪽으로 차를 대접한다고 한다
다시 삶의 시간을 경건하게 기억하라는 뜻일까
왼편에서 잔을 받아 드는 일은
다시 삶 이전 죽음에 관하여 겸허하게 기억하려는 뜻일까

엎질러진 물을 침대 밑에서 닦을 때
해가 지고
방향들은 서로를 부둥켜안고
하나가 되거나 각자의 궤도가 된다

나는 마음을 잡기가 어려워 다만

폐사지 위의 둥근 지향점들이 향해 주는 적적한 하늘을

공적영지空寂靈知[*]

바라볼 뿐이다

마음이 어디에서 끝나지 않는다

마음이 어디에서 시작되지 않는다

* 공적영지空寂靈知: 텅 비어서 고요하고 신령스러운.

반조返照*

저녁 동쪽의 방향에 있는 어떤 슬픔은
늘어나지도 줄어들지도
가벼워지지도 않는다

호주머니에서 오렌지 몇 개를 꺼내
너에게 배운 듯
왼쪽으로 껍질을 까기 시작한다

아직 너는 보이지 않는다
동그란 너의
공손한 너의
뜨거운 너의
어떤 때는 거짓투성이 너의

마음에 드는 속도와 당신의 목적을 골라 보세요

나의 기분은 한눈을 팔고 싶고
그늘이 없는 곳으로 오렌지 껍질을 까지는 않지만
정해지고 싶지 않은 것들의 오래된 경향이 확정이다

>
관심 없어 하는 나의 관심을 끄는 것이
너는 어렵다고 한다

관심의 반대편에서는
어떤 일들이 벌어지고 있을까

내가 보는 네 주먹은 누구의 주먹일까

* 반조返照: 저녁에 지는 해가 동쪽을 되비추는 것.

잘 표현된 푸딩

핫바와 오렌지 하나
아니 오렌지와 오렌지 푸딩

음력으로 치자면
오늘은 0으로 끝나는
손 없는 날이어서
푸딩으로 할 거야

오래 씹던 껌처럼 부드럽고
천천히 끈적거리고 싶은 푸딩과
깔깔깔 웃으며 신나는 오후를 보내야지

푸딩의 오른쪽에서 봄꽃이 지는 자리로
마음 깊숙한 곳에서 더욱 안쪽으로
무슨 일을 하여도 탈이 없으니

별들의 방향이 어떤 별자리를 이루는지
더 이상 궁금하지 않으니
방울방울 푸딩을 시작할 거야

>
푸딩에서 오렌지를

오렌지에서 사라진 오렌지를

오렌지에서 지탱하는 푸딩을

온종일 실컷 이해할 거야

서랍에 가득한 가방 중 꽃무늬 하나

열 개의 손가락과 발가락은
애초부터 없어요

가늘고 긴 몸으로
돌아오는 내가 아니라
스르륵스르륵 징그럽게 떠나는 내가 있을 뿐이에요

난 원래 그런 태생인걸요
내 꼬리에 화사한 리본이 달린 이유인 거죠

말이 없으므로 매우 큰 입을
눈꺼풀이 없으므로 울음도 없어요
견고한 아래턱으로
나보다 큰 슬픔을 통째로 삼킬 뿐

내가 어떻게 무엇을 거쳐 왔는지
나도 몰라요
가끔 샤워를 할 때면
눈을 꼭 감는 것처럼

>

오늘 저녁은 모두 둥글고 안쪽으로 향해 있어요
한번 삼킨 슬픔은 놓치지 않겠다는 듯

조금 전 나의 출발지는 그녀의 견고한 심장이었죠
내 앞에서는 모든 왼쪽이 중심인 것처럼
당신의 심장 앞에서는 모든 게 붉어집니다

가죽을 찢고 나오는 독처럼
눈물이 우글거리는 방울을 흔들며
지퍼처럼 갈라진 두 개의 혀를 날름거리며

쓸쓸한 어깨 위로 서슴없이 기어올라요
두근두근 파고들어요

지하철에서 버팀 끈

오후 두 시의 슬픔이
천장에 매달린 세모의
버팀 끈에서 길게 자란다
지하철의 마지막 칸에서
나는 몸을 낮추었다
청량리역부터 심해로 들어가는 듯
출렁이며 유영할 때마다
슬픔은 점점 흘러내려
눈물을 참고 있는 무수한 손들을 잡는다
다음 역을 미리 알리는 음성이
태연한 자세로 버팀 끈과
끈 사이를 건너간다
낮인지 밤인지 모를
슬픔의 안쪽에 기대어
나는 입안으로 혀 밑으로
먹구름이 채 가시지 않은 하늘 사이와
가로수에서 떨어지는 아직 푸른 은행잎을
주문처럼 생각했다
문이 열리자
손들이 우르르 어둠이 일어서는 노을 아래의

풍경 쪽으로 몰려간다

막무가내 손에 묻은 어떤 얼룩을 털거나

환하게 나를 지우는 것처럼

내 어깨가 닿는 오늘

내일을 기다리는 모든 말들은
달아나고 없지

기린의 목은 오늘 여전히 길고
연두색 공들이
새들의 부리 쪽으로 굴러가듯
얼룩말의 얼룩은 오늘도 얼룩

투명한 오늘만 넘쳐 난다지

친구가 죽으면 양면의 앞쪽에
얼굴을 새겨 넣은 조각을
무덤 앞에 세워 놓은 것도
사자死者의 모습을 작게
조각하는 이유도 그렇지

아프리카의 시간은
오늘에서 과거로만 흐른다지

나무의 감정들은
저녁이 먼저 오는 밑동부터 시작되었고

\>
참을 수 없었던 냄비의
뜨거운 손잡이를 잡을 수 있는 건
슬픔의 안쪽으로 마음이 더 깊어지기 때문

안쪽은 처음의 단단한 시간을 가지고 있지

풍선이 스스로 바람을 빼는 일은
자기를 오래 기억하려는 고백

풍선이 사라진 시간이 아니라
풍선이 아닌 것을 멈추는 시간
드디어 풍선이 되는 시간이지

가장 단순해지고
가장 발랄하게 물들고
처음으로 가장 뜨거운 시간

어깨를 기울이고
어깨에 내 어깨가 닿는 오늘이라지

오른손을 내미는

조용하고 무늬 없는
파랑
첫
흘러내리는 붉은색

슬픔을 고려하는
붉은색으로
컵을 잡는다

컵들은 대개
비슷하다
다르다
컵들은 손잡이가 있거나
컵들은 손잡이가 없다

나는 분홍의 껍질을
깔 수 있고
나는 파랑의 껍질 때문에
눈물을 흘릴 수 없고
나는 흘러내리는

붉은색으로

마음이
사라진 지 오래여서

어떤 무늬의 마지막들은
컵 속에서
굴러다닌다

컵에서
자라나는
손잡이들

이런 것들이 모두
오른손을 내미는 것과 같다면

텅 빈 것이 가득한 방

당신의 질문은
너무 크고
자두처럼 붉어서
간신히 나를 떠나
둥둥 날아가기 시작했다

라디오에서
나비의 날갯짓이
완벽히 쏟아져 나오고

호주머니에서
달그락거리는 소리들과
창문을 꺼내 문을 열었다

노래를 부르거나
촛불을 켜거나
동그란 색깔의 쿠키를 먹거나

익숙한 곳이었지만
한 번도 제대로 본 적이 없는

>

어떤 것이면서
어떤 것도 아닌 것

빈틈없이 부푼
풍선의 말들을
버려야 하는 기대도 없다

그러나 더 이상
풍선도 없다면
월요일도 없다면
무엇이 남을까

우리가 궁금한 딸기

어둠이 빨간 어둠을 건너가는
소리를 생각한다

투명한 유리를
모르는 척 지나

팔랑거리는 꽃잎들을
부르는 방향으로

어둠이 어둠을 부르고
빨간 어둠 속으로
배어드는 기분을 더듬는다

이렇게 재채기가 나오는
이유가 있을 거야
나도 모르게

여기 당신 편은 많지만
아직은 때가 아니에요

>
한 손에만 가득한 시간

내일이 아직 없는 정오에
촘촘하게 몰두하는 딸기의 감정들

당신의 벽에는 원래 시계가 가득했다*

토마토는 오른쪽부터 읽어야 하지
바깥의 푸른색이
어제의 슬픔과 같은 비밀이 있는 것처럼

사실은 당신의 시계도 그렇잖아

골목의 환한 등이 저녁을 키우고
저녁은 동그란 구석들의 안부를 불러 모으고

테이블 위에선
잃어버렸던 시계가 새로 돋아나고
밤은 조용히 인사를 하지

와르르 흩어지는 몇 개의 오르간 소리들
시계는 잘라도 쿵쿵쿵 자꾸 자라고

싱싱해진 어둠은 더 이상 마르지 않고
휘파람들이 빈방에서 푹신하게 부풀어 오른다

당신은

일곱 개의 아침과

토마토와

토마토의 슬픔이 주렁주렁 열리는 시계만 보고 있잖아

괜히 당신을 껴안고 싶어진** 내가

신호처럼 당신을 보는 줄도 모르고

*, ** 사일구 사진작가의 영상.

미간*

붉은색의 끝점들은
둥글게 모여드는 성향이 있으니

가로이거나
세로의 방향이 아닌 것들은
붉은색을 선호한다

내일 밤에도
여섯 번째 골목의 막다른 담을
내달린 고양이의 눈동자

내 몸 안에
빛 하나를 가지고 있다
아니다
지속하는 푸른빛이다
아니다
명명되지 않은 빛들의 총칭이다
동시에 그 빛들의 본래이다

나는 동그란 문양을 한 총칭의 터널 속으로 질주한다

>
오늘 하늘은 맑고
어제는 토마토를 구워 먹을 것이다

나는 다시 가로이거나
세로의 방향으로 슬그머니 되돌아오고

어쩌면 그것은
무수히 다른 또 하나의
가능하고도 신성한 수수께끼

낯선 모양의 생기는 한결 더 여전하다

* 미간: 아즈나 챠크라, 영적 자각과 깨달음의 의미.

마침 슬픔이 슬플 때

어제는
너를 만날래

오래된 생각들은
쉽게 사소해지지

슬픔의 자세들은
우회전해서 아홉 시 방향에 있고

그러나 어떤 것들의 자세는
슬프지 않을 거야

문지방을 밟거나
냉장고 문을 열 때

너는 지루하다고 발설하고
습관을 지운다고 간주한다

내일이
빠르게 지나가고

\>

저마다 간략해진 웃음들도
사라진다

사라지는 대신
반짝이는 그림자를 갖게 되겠지

창문을 닫았는데
나비가 자꾸 날개를 편다

골목에선
붉은 잎들이 지고

그러나 진다고
다 붉은 것들은 아닐 거야

아홉 시 방향들이 쉽게
자세를 바꾸지 않아 미안하다

가락지감침파리아목[*]

오글오글 꽃들이 핀다

널린 생선 긴 혀들이 띄워 올리는 한낮의 소요

꽃잎은 혀들 사이사이
무수한 수평과 수직을 열고 윙윙 날아다닌다

검정의 무게들이 부유하는 가볍고 즐거운 향연

머릴 들이박는 햇살 가닥마다
탈피하는 새로운 꽃들은
오래전 원형이거나 가로의 고집들이었으므로

비린내를 쫓던 투명한 날개맥은
상향의 비행을 기억해 내지 못할 것이다

개미들이 원을 그리는 나무 계단 아래엔
그림자 끊임없이 어슬렁대고

고양이들 그곳에 앉아 몸을

구부리며 흘깃흘깃
태양이 그리는 호를 핥는다

그사이 내 손가락 그늘 속을 뚫고 들어가
거침없이 또 터지는 검은 꽃

초승달이 끌고 나온 어둠이 어깨에 걸리는
봄밤이 되어서야 나는

피었다 스러지는 만개

휙 지나가는 검은 목의 방식을
오래 들여다본다

* 가락지감침파리아목: 가락지감침파리아목에 속하는 모든 파리과
  곤충을 통틀어 파리라 일컫는다.

고양이 펼쳐 보기

내 왼손이
그림자를 만지는 건 처음이야

이제야 할 일을 다 마친 듯
꼬리를 내린 고양이의 차가운 목덜미가
오전 열 시부터 가벼워진다

나무에서 막 떨어진 자두를 집던
내 오른손도
한 뼘씩 침묵한다

숨을 들이쉬고
내쉬는
사이마다

아무도 쓸쓸하지 않았으므로
그림자의 지문들은
막다른 골목 끝에서 자꾸 지워진다
드디어 무연하다

＞
나라고 하는 순간
나의 눈에 들어온
고양이가 생겼어

고양이라고 말하자
그림자를 보는
내 마음이 생겼어

하지만 오늘로부터
모든 것은 옛일이 되지 않겠니

그림자가 아닌 것들이 차지하는
바닥의 표정은
이미 흔하고 사소하다

제2부 나를 밀고 들어오는 내 생의 수많은 생각들

동화사

물살을 떠미는 힘은
흐름이 아니라
깊이에 있다

수국꽃 위를 기어갔던
물레달팽이의 *끈끈한* 발바닥
기침 한번 할 틈 없이 받아들이던
꽃잎의 팽팽한 시간을
천천히 기억해 본다

봄 지난 다음 또 오는 봄에 목젖이 젖고

동화사 올라갔던 산을

다시 내려오는 것도

사실은 머뭇거리지 않는 일

나를 생으로 힘껏 밀고 있지 않은가

마술

분홍 토끼와 환호성
손을 흔들던 왼손과
악수를 하던 왼손이
서슴없이 명랑해지는 순간을
모자에서 꺼내는 건
이미 시시한 일

풍선을 든 아이들이
구석이 없는 세 개의 방에 관해 이야기한다

천 개의 침묵들이 드러내는 저녁

나의 생은 없던 일로 치자던 사랑이어서
불 꺼진 무대 위 커튼 뒤로 밀려난 검정 케이스
속보다 어둑했다
확 핀 꽃이 가득하던 때는 혹 있었을까

화분 속 어린줄기를 내준 줄기의 방식으로
침묵은 오랜 깍지를 풀고 나를 응시한다

>

어떤 절차도 없이

다정하고 둥근 저녁이

수천 개의 저녁이

천천히 길게 밀고 들어오는

이 간곡한 슬픔

사과의 시간

탁자 위에 놓인 사과를
접기로 합니다

어제 던진 공이
꽃 피는 속도의 행방을 알려 줍니다

슬며시 빠져나가는 사과의 시간

내 손가락이 사과에 닿기 직전
시간의 속성들은 다 겸손한 것이어서

다양하게 숨겨진 문양들이어서
나를 건너 어디론가 떠났을 것입니다

한계는 우리에게
견디지 못하거나 닿지 못하는 외부가 있다는 증거

사과를 찾지만 않는다면
어느 것이든 달콤한 사과

\>

편향되지 않은 모서리들이

바닥에 닿을 때의 냄새에 귀를 기울이고

사과의 시간은 가끔씩

자신이 만든 흔적을 키울 것입니다

이를테면

탁자 위의 사과를 접기로 하는 것처럼

윤초

빼거나 하나 더 넣거나
파랑이거나 혹은 딱딱하거나
몸을 구부려 웅크린 너를

알아보지 못하는 나는 세로이거나 가로

알에서 깨어나는 슬픔
증발하여 날아가는 슬픔
슬픔이 가득 찬 차가운 코카콜라

한 잔을 마시는 동안
주머니에 구겨 넣은 일흔아홉 개의 별이 지워졌다

일부러 놓치는 나의 풍선들은 방향 없는 곳으로 날아가고

빼거나 하나 더 넣거나
파랑이거나 혹은 딱딱하거나
몸을 구부려 웅크린 것의 무게는 사라진 그림자

구름이 아무것도 아닌 것이 될 수는 없기에

구름을 잃어버린 적 있다

오늘과 내일은 모두 다른 검은 고양이가 갖고 싶다

묘아

구름이 인쇄된 일회용 화장지를 뽑는다
충운들의 혼잣말이 한 장씩 말라 가고

우아한 소파 위엔 어린 분홍들

낮은 목소리로 갸르릉거리는 분홍의 눈동자

눈동자들은 거친 날씨를 예고하는
구름의 비린내를 골똘히 굴리고 있다

꼬리 하나가
모서리의 어둠을 앞으로 당겨 둥글게 말고 있다

이상하게도 점점 작아지는 어둠의 뭉치

생선 캔들은 시무룩한 얼굴로
전단지 속에 납작 누워 있고

어떤 비밀들의 속도는 너무 빨라서
허공을 뚫기도 한다

\>

그러므로 슬금슬금 움직이는 것은
평소의 트릭

내일도 시간 위에 앉아
품위 있는 손톱을 세우고

별을 할퀼 저 분홍들

인사동

보고 싶음이
화선지에 물이 번지듯
가는 곳마다 조용히 길이 된다

고요한 날
물그릇에 담아 놓은 고구마에서

뿌리는 뿌리대로 길 따라가고
이파리는 줄기 찾아 푸른 잎을 틔웠다

오래전
흙 속에서 한 생애를 밑으로만 내리던
잔뿌리들의 질긴 힘인지도 모를 일이다

봄 또한 수없이 나에게 오고
그 집의 목련도 어김없이 지워지는데

저녁 무렵
앉아서 마른 꽃잎을 바라보던 나는

길이 생각나지 않는다

그곳으로 가는 길을 잃어버렸다

겹

연꽃이 드문드문 켜진 불빛 같다고
누군가 말했을 때였다
익숙한 것은 낯설어지고
낯선 것이 지루해지는
한 생각에서 벗어나기를 기다렸다는 듯
쏟아지는 빗줄기 사실은
슬픔 사이로 달려들었으나
젖지 않았으므로
더욱 붉어졌으므로 저마다
선잎 사이로 흘렀다고만 생각했을 것이다
사람들은 꽃을 좋아하나 서어나무
긴 이파리 하나가 무량수전 뒤 큰 산을 안듯
연꽃 아닌 것들이 바닥에서
마디를 짓고 뿌리를 내린다
깊고 다정한 내일도 텅 비었으나
슬픔은 아직 내 안에 여러 겹이다

달팽이

오래전부터였을까

문을 열자 그녀가 걷고 있다

날 바라보는 것도 같은 간결한 등

둥글게 쌓인 많은 시간을 거두어 주고 싶기도 한데

느리게란 때를 거스르지 않는 것

내소사 전나무가 봄을 맞듯 나를 당기는

들릴 듯 말 듯 그녀의 속도를

나 역시 천천히 다 보기로 했다

사랑했을까

벚나무 아래 한번 걸어 볼 것이다
꽃잎이 은색 파우더처럼 날릴 때
그대의 손이 내 어깨에
올라올까 올라올까 상상한다

봄날 당신의 목소리 때문
당신의 짧은 머리 때문
약간 늘어진 흰 티셔츠 때문
여드름 자국 때문
한 박자 쉴 때 가벼이 내뱉던 한숨
그늘 밖으로 당신의 웃음이 따라 나오고
복숭아뼈에서 한 치 올라간 검정 바지
내 앞에 있는 낡은 운동화
박수 치던 사람들 때문
손에 쥔 작은 반지와 작은 손수건
헐렁하게 밀려나는 어떤 슬픔 때문
부인할 수 없는 영혼 때문
눈동자
당신이 온 봄날 때문

혹시 사랑은 이 저녁

나에게 왔는지

나직이 물으며

벗나무 아래 오래 기억할 것이다

바닷속 풍경

내 등은 굽었고 굵은 옆선은
말라 버린 지 오래
카트리지 속으로 들어가는 건조한 필름처럼
가파른 계단을 헤엄쳐 내려가는 길도
늘 일정하다
한쪽이 떨어져 나간 현관문을 밀자

바닥에 웅크리고 있던 낡은 햇살들이
바닷속 고기 떼처럼
물속으로 흩어지며 가득
푸른 물이 드는 반지하
두꺼운 황금빛 딱지가 아문 상처마다
새 지느러미가 자라고
보일러실 아래에도 물풀이 돋는다

이렇다 할 세간 없는 방바닥에 누워
날아갈 듯 가벼운 하이힐들이
또박또박 창문에 박히는 걸
올려다보던 때가 있었다
창 쪽으로 바짝 얼굴을 디민 채

방금 떨어진 목련도 보고 싶었다

나는 다시 머리를 흔들었고
몸통도 따라 출렁거린다
공기 방울들이 환히 켜진 오스람 백열등 아래
은단처럼 부서지고
그것들은 나를 플라밍고단풍처럼 퍼덕거리고
더욱 출렁거리게 한다

내 작은 지느러미의 은반지 한 점 그윽하게 빛난다

하루 중 잠깐

비 온 뒤 하루나 이틀쯤 지난

흙을 밟아 본 적이 있다

햇살에 뒹구는 먼지처럼 아이들은 분주해도

막 시작된 봄같이 가벼운 웅성거림조차

흙이 있는 낮은 담의 경계를 넘지는 않았다

전나무 잎들은 어떤 힘으로 내려와 앉았는지 모를 일이다

흙은 조용했고

나도 조용히 밟았을 뿐이다

그러고 보니 처음 그를 본 날도

비 온 뒤 하루나 이틀쯤 지난

흙 같은 기억이 아니었나 싶다

사랑하는 동안 그가 해 준 것은

옆에서 밥을 먹고

이야기할 때 내 눈을 들여다본 것뿐 고작

이제 사랑은 저만치 강물처럼 흘러가서

저녁 나는 혼자 밥을 먹고

혹 텔레비전을 본다

창을 닫는 낡은 손등으로 어둠이 미끄러지는

지금이 하루 중 가장 쓸쓸한 때라는 걸 안다

그도 나를 사랑하는지

흙을 밟았을 때의 느낌처럼 쓸쓸한 이때
하루 중 잠깐 그럴 때가 있다

이제 생각을 안다

한 생각이 다른 한 생각을 밀어내고
내 안에서 자리를 잡고 커 간다는 것이
참 이상하기도 하다
은청가문비나무가 밤늦게 보인 적이 있었다
나뭇잎들이 언제 나의 창문 틈에 끼었는지
한 번도 그들을 부른 적은 없었으나
날마다 자라는 가문비 어린 가지를 바라보던 그때는
문을 열 때마다 현관에서 오래된 나무 냄새가
나는 것 같기도 하였다
밀고 들어온 한 생각으로
산다는 것이
당신의 눈동자 눈빛을 기억하는 일이 아닐까 생각한 건
그리고 나서 얼마 후
잎들이 서로 물러서거나 혹은 앞다투며
흙 속으로 사라지는 직전의 그 짧은 순간이었다
잎들은 나무의 굵은 밑동을
겸손히 비집고 들어가서는
그의 뿌리를 밑으로
더 힘차고 견고하게 내려 주는 것이었다

나를 밀고 들어오는 내 생의 수많은 생각들

이제 그 생각을 안다

저녁에 목련이 지다

낮은 종소리처럼
어둠이 길 위에 가득할 무렵
노란 물탱크 옆 옥탑의 작은 창문 아래
이 층 베란다 한없이 한없이 아래
반지하 내 방의 창살에는
봄비처럼 불빛 쓸쓸히 내리고

그 집의 목련들
꽃잎은
당기지 않아도 먼지처럼 먼지처럼
내려와 앉다가
땅속에 그림자를 묻는다

한 무리의 새들
이미 날아간
흔적의 떨림이 지워질 즈음
나 이제야 눈 뜨고 자세히 본다
저 스스로 지우는 목련
혹 내 말처럼 사라진 목련을

침묵의 위치

먼지를 잡는
가장 확실한 방법은
침묵이다

세상의 모든 창문은 아침마다
빛의 줄기를 당기고
먼지들은 견고히 춤을 춘다
희미하지만 익숙한 소란

부푼 그림자
우수수 떨어뜨리며
나의 목소리와 발자국을 지나
먼지가 되어* 날아가던
네 마음이여

그럴 때 나의 일이란
내 안의 풍경을 뒤져
당신에게 맞는
침묵의 위치를 찾아내는 것뿐

* 김광석, 〈먼지가 되어〉.

동대문

첫눈이 펑펑 온다고 누가 기억하는가
오는가 오는가 싶게 첫눈이 내리고
눈은 지금 먼지처럼 방 안에 날린다

벚꽃이 무리 지어 계단으로 떨어지던 때를 생각한다
시간은 바람처럼 쉽게 지나가 버려
한때 그 꽃을 사랑했다고 말하면 그뿐
아무것도 흙 속에 묻을 것은 없다

창문 밖
투명한 햇살이 그저 놀랍기만 하고
조용히 한 장의 종이를 꺼낸다
접혀진 자국들마다
그리운 것들은 비집고 앉아 손을 흔들고
햇살을 비켜
나는 동대문으로 간다

그대
어디든 지나다가
오랫동안 잊고 있던 눈이 내리거든

너의 가슴 다소 왼편으로 고개를 돌려
피는 꽃을 보라
그리고 그 꽃이 너의 기억이 아니라
너를 사랑하는 내 힘에서 나오는 것임을
단단히 기억하라

어린 봄

가지들은 길고 휘어져 있다
새잎을 내밀고 있는 나무들은
더욱 깊이 뿌리를 내리고 나는
나무 아래에 앉아 밑동과
밑동 아닌 것들에 대하여
잎자국 같은 손을 내밀어 본다

둥근 언덕과 울창한 숲을 바라보는
무수한 곡선 속으로
바람이 돈다
똑같은 간격으로 날아가는 저
새들도 하늘을 위해 공간을 마련해 주는 것
지평선을 뚫고 올라온 햇살이
노을에 물든 봄날 저녁을 만들고
봄날 저녁 네가 천천히 걷는 길을 만든다

산등성이에 자리 잡은 먼 집의 불빛이
이제 막 사라지고
나무를 두드리던 광활한 공간은

오래된 나이테를 가진 내 속으로

말리듯 좁아 들고 있다

호치키스

그는 스스로 불멸임을 의심하지 않는다
조금씩 얼굴을 바꾸며 생존해 오던 그가
요즘은 사거리 초원은행 창구 위에 서식한다
틈만 보이면 세금 고지서든
대출 증명서든 심지어 신용거래 불량자라도
한입에 물고 말겠다는 충직한 자세로 엎드려
튼튼한 디귿자 이빨을 숨기고 있다
그러나 즐거운 표정의 사람들은
어깨에 둘러멘 가죽의 황금빛 라벨만 쓰다듬을 뿐
눈길 한번 던지지 않는다
블라인드가 당기는 오후 햇살은
그의 어깨 위에서 점점 좁아 들기 시작하는데
어쩌면 그는 전생의 한때
번뜩거리는 눈알을 하루 종일 물 위에서 몰래 굴리며
포획할 먹잇감을 기다리던 바다악어는 아니었을까
은밀한 그의 입속으로
천천히 내 마음을 디밀어 넣어 보고 싶은 것은
나 한때 그 늪지의 가장자리에서
막 돋기 시작한 넓은 잎을 가진
순한 나무의 기억 때문은 아니었을까

혹은 그 잎에 잠깐 얹혀 있던 한 번의 봄은 아니었을까
오늘 단 한 장 서류도 맛보지 못한
오랜 습성으로 길들여진 저 불굴의 눈동자들이
매일 밤 셔터 내리는 소리를 표적으로 보고 있다

난지도에서

바람에게 이름이 불려

공중으로 일어서는 비닐봉지도 부러웠다

그의 마당에 하룻저녁 노을로 떨어져

귀퉁이 찢어지며 웃는 네 소리가 부러웠다

온몸이 부서져 이름을 잃어버린 나는

물풀을 흔들던 기억을 가진 흙이라면 좋겠다

둑 앞에 멈추어 서성이던 흙이라면 좋겠다

불도저에 떠받치어 허공에 매달리는 흙이라도 좋겠다

마른 볕 하나도 이겨 내지 못해 나른한 내가

바작바작 말라 가는 목구멍부터 먼지가 되어

\>

피어오르고 싶다 길길이 뛰고 싶다

그의 신발 속에 앉아 있고도 싶다

전설처럼 몰래 숨어 있고도 싶다

기다린

자목련을 피웠던 저녁이 길다

새 한 마리 날아가는 거

그림자처럼 멀리 사라지고

그대의 손을 오랫동안 바라보면서

내가 몇 번이나 설렜던 거

사랑이었구나

기다린다

그리고 한 생각이

상관없이 피어나는 이것
멈추지 않는다

나의 표면은
이것으로 늘 무성하다

태양은 빨래를 너는 집게 사이로도
내 눈 안에 들어온다

눈을 감으면
초록이기도 했다가
푸드덕 멀리 날아가는 슬픈 깃털이기도 하다

소파 위에 올라앉은 고양이
졸음과 졸음의 틈에도
가득한 이것

꽃을 받아 보셨습니까

지금 생각해 보니
처음부터 날 기다린 것일지도 모른다

나는 막 끝나 가는 하품처럼 시장 안을 걸었고
자신이 드리우는 그림자 위에
깊은 생각에 잠긴 듯
고등어들은 좌판에 누워 있었다

검은 비닐봉지가 가벼이 피어 있는 가게를 지나
무엇을 파는가
처음 소국을 사던 내 마음처럼
분홍색 간판을 세운 저 집에는

이쯤에서 돌아가리라
봄날처럼 쉽게 시작한 길은 많기도 한데
오랫동안 서 있는 것이 지겨울 뿐이야

전에도 꽃이 있었나

나는 보았다

가로수의 무성한 잎 사이를 뚫고
환호성처럼 단숨에 뛰어오는

그렇지 않고서야 헉헉대고 넘어질 만큼
나에게 안길 수 있단 말인가

생각해 보니
처음부터 날 기다린 것은 아닐지도 모른다

제3부 그러므로 내일 아침부턴 슬픔이 없을 것이다

들꽃

그대
흐르는 물살로 만났기에
정녕 손잡을 틈도 없는가

먼 산 찾아 달려가는
물 젖은 소리는 어디로 스며드는가

내게는 끝내 보이지도 않아
가슴은 하얗게 껍질로 튼다

구부러진 생의 모퉁이에서
한 뼘의 기억이라도 동행할 수 있는
언덕으로 그대 젖는다면

나 그곳에 촘촘히 뿌리 내리고
물오르는 머리는 강가로 두어
흐르는 그대보다 한 치쯤 먼저 피는
들꽃은 될 수 있는가

마마아[*]

깨어 보니 아직 캄캄하다
비 오는 소리 더 굵어지고
어둠 속에도 빛이 있어
천장에 붙여 놓은 야광 별이
제 모습을 지우며 방 안이 밝아진다
잠자는 어린것들 여린 날갯죽지와
가늘고 긴 종아릴 들여다본다
무릎 여기저기 두껍게 앉은 딱지가
황금빛 장수하늘소처럼 눈에
환히 들어온다

시장의 겨울 저녁은 금세 어두워지고 과일 한 소쿠리만
나는 더 팔고 싶다 저만치 잘 닦여진 유리 벽 안 환한 조명
을 뒤집어쓴 원피스가 화려한데 불빛이 리어카에 흘러내리
듯 빗방울 서슴없이 바퀴 아래로 모여든다 생 어디에서부터
내렸던 것일까 비는, 사방으로 고요 흩어지고 갑자기 사과
한 알이 낯선 대문 앞으로 굴러가는데 엄마가 그 문을 열고
들어오신다 느티나무 뿌리처럼 손가락 굵은 마디로 건네주
시는 꽃 핀처럼 고운 사과 기억들이 점점 나에게 온다 저릿
한 이 마음은 어디에서 오는가 나도 엄마를 부르고 싶다 나

도 지금 엄마의 어린것이 되고 싶다

＊ 마마아(Mama): 〈보헤미안 랩소디〉.

바람은 나를 꽃이라 부르고

내가 너를 생각할 때면

이 세상의 모든 꽃이

약속처럼 피어난다

설레이는 마음으로 수줍게

수줍은 몸짓으로 황홀하게

그러나 나는 그것을 알 수가 없다

내가 너를 생각할 때만

꽃은 피는 것인지

꽃이 필 때면

나는 너를 생각하는지

>

그리고 나는 그것을 더욱 알 수가 없다

꽃은 항상 무심히 져야만 하는지

그렇다면 그 수줍은 몸짓의 황홀함은 어디로 스러지는지

장수하늘소 앤

열아홉이거나 스물둘

날마다 근질거리는 봄밤에

날개를 달아 주던 당신은

빛나는 먼지들이
천장의 부드러운 곡선을 타고 흘러내려
장롱 위 선명한 주름이 되는 동안
나는 더 품위 있는 몸의 검정을 만들기 위해
안방에서 거실에서
목욕탕 욕조 속으로 서서히 움직이곤 했다

내 허리 굵어지는데
부엌에선 이미 감자의
싹이 올라오고 이젠
할로겐램프를 끄자
기억을 지우고 지붕을 얹어
한 삼백 년쯤 누우면
누워 생각을 멈추면

그림자 길게 떨어지는 숲속
처음 보는 봄풀들이 돋고
어둠으로 물드는 내 몸속 퍼덕이는
날갯소리 환할 것이다

너무 늦었다고 할 텐가

오랫동안 기다렸다 할 텐가

별의 씨앗

헬륨을 품은 팽팽한 풍선이 되어
구름을 딛고 저 성단까지 올라가거나
우주의 웜홀을 횡단한다고 상상해 봐

쉬, 사실은 내가
지구에 파종된 별의 씨앗이라고 말해 줄까

목련 그늘이 서서히 번지다
한마디 없이 저녁 속으로 사라지는 것처럼
사라진 그늘은 다시
홀연히 번져 아침 마당을 당기고 있다

이 정도 별빛이면 오늘 밤은 심장까지 촉촉할 수 있겠군

동쪽으론 두 개의 태양이 뜨고
스마트폰 속 저장된 초록 뱀은 유성 같은 자기 꼬리를 문다

두 눈을 감아야만 비로소 드러나는 빛의 껍질을 열고
한없이 늘어지다 정지해 버린
아주 오래전 기억을 기억하려는 듯

한 그루 내 생의 황금빛 오라를 한번 들여다볼까

박제되었던 일곱 성 중심의 그물맥이
별의 운행이 새겨진
크리스털 컵 속 우주 한 잔을 마신다

지금은 네 번째 마디에 별의 나이테가 새겨지는 중

나의 친애하는 하루

느닷없이 꿈을 꾸거나
그 꿈을 기억하는 것으로 하루를 시작하는

둘째 날에는 가령
달뿌리풀 마디 하나를 저녁까지 세기도 하는데

한물간 배나무 잎처럼
오늘도 새들은 노래를 않고
전에 마시던 커피는 냉장고에 넣어 두었다

휴대폰 속의 화분들이 시들지 않을까
칠 일째 되는 날에는
휴대폰을 욕조 깊이 담가 두기도 했지만
나의 매일은 다음날과 같다

하루가 끌고 오는 것 중의 하나로
쌓이는 신문 더미를 흘낏 지나치는 것인데

다섯째 날에는 그 더미를 집어 들 때
슬쩍 떨어지는 편지를 발견한다고

거실 문을 안으로 잠그며 생각해 보기도 한다

이상하게 보이면서도
이상하게 친숙함을 느끼는
어떤 모양으로 접혀진 자국도 봉한 데도 없는
봉투는 블라인드를 통하여
저녁의 햇살을 탁자 위로 당기기만 할 뿐

봉투의 모퉁이부터 뜯어보는 셋째 날에

물풀이 출렁이는 거대한 물결들
큰 날개를 지닌 한 마리 은빛 새가
편지 안에서 날아 나온다고 상상하는데

이것은 갑자기 상상 아닌 것이 되고

나의 친애하는 첫날이 된다

그림자에 관한 연구

당신에 관해 설명하는 것은
오늘의 즐거운 일

단단하고 매끄러우며
긴 수명을 가진 당신이
한 생을 나와 함께 해 준다고 가정한다면

나의 첫 번째 업무는
봄을 맞이한다든가
시들은 사랑이 내 앞으로 불쑥
떨어지는 것을 쳐다보기보다

당신에 대해 정확히 설계하는 것
두근거리는 심장의 내력까지도
복제하는 것이다

내가 조금씩
당신을 따라 기웃거리며
오후 한때 키가 크거나
품위를 따라가지 못한다면

혹은 당신의 천 가지 마음을 알아채지 못한다면

반복적으로 등장하는 당신은
예외적으로 나와의 삶이란 헛수고이며
있을 법하지 않다고 슬며시 중지할 것이어서

오늘의 이야기지만 그것이 이번 생 나의 과제이다

플로럴 고요

언젠가 창문에
언젠가 방에 있는 테이블에
나의 손이 닿을 때
테이블과 테이블 위 꽃병과
꽃병에 비친 형광등에
창문에 플로럴

은빛의 가지런한 핀셋들은 부풀어 오르는
수천 개의 분홍을 집어내고
충전이 완료된 배터리의 반짝거림은
그 향기의 정적을 풀거나 혹은
구석의 정적을 끌어 모은다 고양이가
파편처럼 부서지는 햇살을 향해
폴짝 뛰어오를 때마다

노을 속의 의식으로
물속으로
공기 속으로
나의 긴 손가락 속으로
자신의 내부를 봉인한 심장을 해제하고

플로럴 플로럴

고요는 자꾸만 피어나고 있다

타조를 읽는 저녁

루페를 펴고 들여다보던 신문
아프리카 소식란에서
푸른 석면 같은 초원이 불쑥 자란다
마른 덤불 속 모딜리아니 같은 목을 내밀며
사파리 파클 끌고 튀어나오는 그는
세상에서 가장 빨리 달리는 새
바래고 갈라진 석회 벽 사이에
그림자를 만들던 태양은
모래언덕에 내딛는 그의 발자국들을 뒤쫓아 간다
한때 구름 위로 날아오르던 날개를 몸속 깊은 곳에
유적처럼 깃들게 한 것은
거칠고 못생긴 발굽 때문임을
단단해질수록 두 가락의 발톱으로
눈부시게 질주하는 지상의 슬픈 비행이
타조의 유일한 진화임을 문득 알겠다
안으로만 자라는 내 발톱은 어느 선사시대에 퇴화한
날개의 슬픈 진화일까
발소리 자욱하게 날리는 초원을 접자
타조는 지평선 너머로 사라지고 나는
겨드랑이 쪽 날개의 흔적을 만져 본다

헤이

선풍기 바람을 맞은 듯
나풀거리는 곱슬머릴 묶고
헤이 황금빛 칠해진 문
손잡이를 밀어 집을 빠져나와 봐

질경이 잎들은 더욱 진해지고
동네 빈터 너의 자전거
더 많은 구름과 길들과 그리움을
붉어진 목덜미 안으로 끌어당기지

나에게 손을 대 봐 나를 만져 봐
이파리에 싸인 그물맥을 지나
환풍기를 돌리는 저 바람의 소매를 잡고
바깥부터 불 켜지는 필라멘트 촉처럼
내 마음에 헤이 꽃을 피워 봐

가장자리는 중심을 물들이고
모든 중심들은 은밀히 자라 가장자릴 이루니까

나는 타일

나는 오늘 최대한 타일

묵언하는 창들의 그림자만큼이나 경건한 얼굴을 하지
별들을 바라보는 건 내 스타일이 아니야

따뜻한 털을 가진 얼룩 고양이 눈동자처럼
성운에서 반짝이던 기억 혹은
자두가 나무에서 막 떨어지던 때의 아찔한 소용돌이는
이제 생각하지 않아

대신 오른편에서 왼쪽이거나
앞에서 뒤로 서성거리던 부드러운 옆선으로

구김 없이 반듯한 나의 흰 핏줄 사이사이로 유영해 오는

저 구석들의 지느러미를 한 번씩 쓰다듬는
거룩한 이 저녁엔
막 시작된 봄처럼 폼을 잡지

그리고 나의 시선은 수평적이어서 별들 따윈 끌어들이

지 않는다고
　품위 있게 생각하기도 하지

　오늘 밤 이 구석들의 비늘들이 천 개의 내 눈에 가득하다

소리굽쇠

가령 보이는 것들이
보이지 않는 것들의 확장이라고 친다면

맴놀이되는 내 혈액형의 일부가
푸르고 연한 시리우스 항성계의 내륙에서
고동쳐 왔다고 치자면

하늘의 별들을 향하여
드럼 치기를 할 거야
기대하던 나의 한때는

발정 난 암고양이 소리 없이 담을 넘는 발자국
숲속을 뒹구는 뻐꾸기 울음이거나
늙은 발동선이 키우던 붉은 녹들의 은밀한 소란

사이언스파크 물류센터 그늘
얌전히 걸터앉은 내게
인디언 호피족들의 두드림이 쇄도할 때면

왼편에서 나의 오른편으로

깊숙이 숨어 있던 소리가 몸에 돋아나
배꼽까지 가득 자라고

우물 속에 빠진 구름을 끌어 올리는
천 가닥 현의 두 팔이 된다

손끝을 빠져나와 물결치는 심장의 박동은
사막을 건너는 별들이 되었다가
그 별의 씨앗 속으로 진전하며 다시 고요가 되는

우주의 발굽처럼 둥그런 나

고양이 눈 성운*

우주의 등고점들이 연결되고
연결되어 퐁퐁 달리아 만발한
손바닥을 본다

손바닥을 바라보는 일은
단 하나의 슬픔을 응시하는 것

TV 속의 한 아이가 오디션의 심사평에
갓 구운 빵처럼 착하게 고개를 끄덕이고
나의 왼손은 시리얼을 들추어 보다가
허풍스러운 그중 하나를 놓치는 순간이다

어제 사랑스러운 루루가 죽었다
한 장의 종이에도 기록되지 않을 무성한 슬픔이 허공에
빛나고
오늘 아침엔 가판대에서
일회용 잡지를 집듯 간단히
그것을 잘라 버렸다
그러므로 내일 아침부턴 슬픔이 없을 것이다

>

이것들의 근성은 처음부터 슬픔이 아니었을 것

문을 닫아야만 나타나는 낡은 방 내부의
야광들은 한때 나의 위로였으나
손가락 사이로 흘러

지금은 창문들이 별 몇 송이를 내어놓고 저녁이 되는 시간

내 손바닥 중심에는
달리아 붉은색을 밀어내면서
날 응시하는 루루가 살고 있다

* 고양이 눈 성운: 3천 광년 너머에서 사라지면서 마지막 짧은 광채를 내
  뿜고 있는 천체.

오늘 아주 오래전 당신을 언뜻 보았죠

테이크아웃 커피를 마셔요

갓 태어난 이만오천 개 별들은 노랑과 보라로 반짝이지만

서너 개 정도는 관찰되지 않지요

지금은 주머니에 한 손을 찔러 넣은 채

빨래를 걷어야 한다며 기차를 타고 떠난 그녀를 들어요[*]

참 저녁 그늘에서도 마늘 촉이 푸르게 팽창하는 건 사실

주가가 전 세계에 경기상승을 가져온다는 뉴스 시간에 나는

그 촉의 초신성 폭발 직전 홀드를 눌렀어요

어떤 블랙홀도 용납할 수 없거든요

태허의 고요 속에 걸터앉아

별자리 현을 뜯는 당신이 저장된다면 기꺼이

더 많은 요금을 지불할래요

생선 냄새 싫어하는 짧은 꼬리 고양이는

어항 속을 터치하며 물방울 가볍게 튕기겠지만

햇반을 데우는 사이에도 부르르 진동하는 열다섯 개의 별들

어제도 길을 나섰던 사람들은 하나둘씩 돌아와

노을을 붉히는 알림음 울릴 때마다

가로등 불빛 같은 꽃으로 피어나는데

당신의 고밀도 성운은 아직도 꺼져 있나요

혹시 월말쯤에 메시지를 날린다면 남는 별

별 좀 주세요

여름

사탕을 물고 있는 그녀와 헤어지는
가장 최고의 연기는

사거리 횡단보도 위에서
비릿하고 가파른 어떤
어둠 속으로 천천히 걸어 들어가는
표정을 짓는 것이라고 외웠다

나는 지나가는 행인 2이고

횡단보도를 건너자마자 길게 자란
두 그루의 나무와
유리컵 차가운 콜라

횡단보도 위에서 들려오던 노래와
유리컵의 얼룩과
잠깐 서성거렸던 그림자

한 번쯤의 악수와 대사도 없이
지나가다 되돌아서 처음의 얼굴로

다시 지나가는 묵묵한 지문에

밀가루를 먹으면 왼쪽 손바닥과
오른쪽 넷째 손가락이 간지러웠다

풍선과 수요일을 구별하는 세 번째 역할은
지금 너에게
경쾌한 노래를 선물해 줄 수 있을까

어린 마음이 아리고 이마에 땀이 났다

어느 날의 거절

처음부터 당신은 핑크가 아니다

정사각형의 청색도 있는데
그건 그래야만 한다

두 개의 노랑도 있는데
노란색이 있다는 사실을 피할 수 없지

명랑한 당신의 얼굴을
손목에 걸거나 목에 두른 채

이리저리 돌려 본다

뒷면도 있고 윗 모습도 있지
한 번도 안을 들여다본 적은 없었다

얼굴을 지우지 않아서
낮술은 오랜만에 취하지도 않고

눈부신 정오는 어느 날의 핑크 쪽으로 굴러가는데

나는 그저
익숙한 쪽으로 번지려 하는 수성 사인펜처럼
자꾸 쓸쓸하고

당신은 모르는 척
개인적 파티의 분위기가 된다

지금도 바람은 이파리를 지나고

바람은 몰래 숨죽이고 지나가는데

이파리가

흔들흔들 소리를 낸다

끝내 거두지 못한 사랑은

갈수록 더해지는 그리움 되어

닿을 수 없는 전생의 어두운 기억까지도

이제는 가슴으로 밀려오기 때문인가

이대로 세월은 흘러

시간은 한낱 먼지로만 흩날리고

그때의 바람은 보이지 않으나

\>

지금도 바람은 이파리를 지나고

이파리는 흔들흔들 소리를 낸다

소소蕭蕭*

나는 작거나
더 작은 것에 대해
말하고 있지 않은데

시간은 익숙한 것들의 손을
능숙하게 부여잡고

눈을 감으면
방향을 바꾸어 순식간에
내 안으로 질주하는 것들이 있다

이를테면 쓸쓸한 눈빛
우리는 모두 그날 다 밖에 서 있었다
더 쓸쓸한 듯

나는 너의 꿈
나는 너의 의심들
혹은 마르지 않은 빨래
깨어진 달걀의 속도

>
이건 경주가 아니야
서쪽으로 얼굴을 돌리는
황홀한 저녁이 있듯

사라지지 않는 것은
세상의 문식을 드러내는 입구
부끄러워할 거 없어

더 쓸쓸한 눈빛의 얼굴들은
밤이 가장 긴 날
서로를 만나
물들이 조용해지는 순간에
오랜 슬픔의 정면이 된다

세상의 모든 것이 소소하다

* 소소蕭蕭: 고요하고 쓸쓸하다.

소문

그녀의 취향은
움직이지 않는 것을 경청하는 쪽이어서

사실 그녀의 취향은
진지한 것들에 대해 슬픈 척이어서

누구나 기대하지 않는 쪽으로 손을 내밀고 있다

수시로 운현궁 옆을 소요騷擾*하는 것은
오후 십사 분을 보내는 그녀의 완벽한 일과

횡단보도를 건너는 나는 어제부터
사실 어제 전부터
신중한 그녀의 그림자였다

무겁지 않을 거예요
공중에 매달려 길어진 웃음들도
둘 중의 하나가 사실이라면
셋 중의 둘은 거짓말

\>

생각보다 더 의심스러운 그녀의 취향이

지나가는 세대의 개인택시

다시 지나는 버스의 은밀한 태도를 집요하게 끌어올 때

소요逍遙의 자세로 부풀 대로 부푼

나의 취향은

비밀한 시간 쪽으로 지워져 간다

* 소요騷擾: 장자.

따뜻한 사막

종려나무 싱싱한 타월을 깔고 앉아 있는 그녀
소금 사우나 안의 붉은 조명이
종려의 팽팽한 가지를 일몰로 밀어 넣을 때쯤
은은히 맺힌 땀방울이 그녀의 등을 탄다

휘고 무거운 등뼈를 한 번씩 펴거나
혹은 다시 둥글게 접을 때마다
그녀의 등 위에
잠깐씩 사막이 켜지는 것 같기도 한데

오랫동안 새벽이 모래 위에 펼쳐져 있을 때에도
나의 삶들은 손아귀를 벗어나고야 마는 먼지처럼
주름진 언덕 저 건너편에 서 있었다

생의 마디들은 마디들을 끌어당겨
땅 위까지 물결치는 둥근 더미를 만드는가

다소곳이 돌아눕는 그녀의 가볍고 순한 사막이

꽃처럼 편 내 손바닥에 조용히 어린다

말없이 따뜻해지는 내 등

해 설

우주적 확산과 미세 응축 사이에 놓인 시

손진은(시인, 문학평론가)

1. 감성과 상상력의 길항

인간의 심미적인 영역 중에서 가장 여린 곳을 건드려 터져 나오는 노래가 시라고 할 때 시가 다룰 수 있는 영역의 스펙트럼은 다양하며, 그것은 각 시인들의 개성에서 뿜어져 나온다고 하는 것이 정직한 말일 것이다. 그것을 감정의 영역으로 한정할 때도 기쁨, 슬픔이나 외로움이라고 단정 짓기 어려운 것을 독특한 형식으로 표현해 내는 것이 시라는 장르다. 더 세밀하고 다양한 웃음, 울음의 원인을 찾기 위해서, 이해받기 어려운 감정의 영역을 모두에게 느끼게 하기 위해서 시가 존재하지 않을까 생각한다. 그것이 시인들이 시를 쓰는 이유이기도 하고 세상을 보는 이유이기도 할 것이다.

　나온동희 시인과의 인연은 2000년대 초반으로까지 거슬러 올라간다. 대학교 부설 사회교육원에서 시 창작 강좌를 개설했는데, 어느 날 작은 몸집의 큰 눈망울을 가진 시인이 눈에 띄었다. 얼핏 보기에도 그녀의 시는 다른 이들과는 구별되는 개성을 가지고 있었기에 그녀의 시에 대해서는 언어 조탁이나 조사법보다는 감성의 무늬나 방향성에 대한 이야기를 주로 했던 것 같다. 지금은 하늘의 '별자리'가 된 '이요'라는 소설가 지망생을 유난히 챙겼던 기억도 있다. 우리는 그때 문학 기행이랍시고 많은 곳을 쏘다니기도 했다. 개인적으로는 남도의 휴양림에 가서 밤늦은 시간 랜턴으로 밤 짐승들의 눈동자를 비춰 보았던 기억이 새롭다.

　어느 날 《진주신문》 가을 신춘문예로 등단했다면서 그녀가 우리 앞에 시를 던져 놓았다. 슬픔이라는 그녀 특유의 감성 무늬를 바탕으로 하는, 엄청 큰 상상력의 진폭을 가진 시였다. 그때부터 그녀의 몸에는 별자리가 들어 있었고 시의 유전자에는 은하가 흐르고 있었다. 그것은 키우던 고양이 '루루'의 죽음에서 기인한다. 놀랍지 않은가 "우주의 등고 점들이 연결되고" 있는 것이 손바닥이라는 것, 그러면서 시인은 "손바닥을 바라보는 일은/ 단 하나의 슬픔을 응시하는 것"이라 진술한다. 조금 더 시의 안쪽으로 들어가 보자.

　　어제 사랑스러운 루루가 죽었다
　　한 장의 종이에도 기록되지 않을 무성한 슬픔이 허공

에 빛나고
　오늘 아침엔 가판대에서
　일회용 잡지를 집듯 간단히
　그것을 잘라 버렸다
　그러므로 내일 아침부턴 슬픔이 없을 것이다

　이것들의 근성은 처음부터 슬픔이 아니었을 것

　문을 닫아야만 나타나는 낡은 방 내부의
　야광들은 한때 나의 위로였으나
　손가락 사이로 흘러

　지금은 창문들이 별 몇 송이를 내어놓고 저녁이 되는 시간

　내 손바닥 중심에는
　달리아 붉은색을 밀어내면서
　날 응시하는 루루가 살고 있다
　　　　　　　　　　　　　　—「고양이 눈 성운」 부분

　너무 많은 슬픔이 소비되고 범람하는 이 시대, 먼 곳을 헤아리는 마음과 스스로를 돌아보는 마음이 하나로 수렴되는 감성은 참으로 고귀하다. 시인은 슬픔을 표현하기 위하여 아름다움이라는 하나의 평형점을 마련한 듯하다. "사랑스

러운 루루"라는 고양이의 죽음은 사망진단서 같은 "한 장의 종이에도 기록되지 않을" 것이지만, 그렇기 때문에 더 오래 기억될 만한 슬픔이다. 루루는 어떻게 죽었는가? 인용되지 않은 부분을 보면 "시리얼을 들추어 보다가" TV 속 한 "허풍스러운 그중 하나를 놓치는 순간"과 같이 부지불식간에 생긴 일이다. 고양이를 안고 있다가, 한눈파는 사이에 내 실수로 사고가 난 걸까? 그러기에 그 슬픔은 시에서 나타나는 표현처럼 "일회용 잡지를 집듯" 간단히 잘라 버릴 순 없다. "그러므로 내일 아침부턴 슬픔이 없을 것이다"라는 진술은 김소월의 「산유화」, "죽어도 아니 눈물 흘리오리다"에 나타나는 감성만큼 역설적이다. 고양이의 생명, 더 정확히 그 눈빛은 사고 이후 화자의 뇌리를 떠나지 않는다. 그 상실을 달래기 위해 화자는 문을 닫고 방 안의 야광에 위로를 받는 나날을 거친다. 그런데 놀라워라, "문을 닫아야만 나타나는 낡은 방 내부"에서의 유폐의 고독에 지칠 무렵, 창문의 도움으로 하늘의 "별 몇 송이"를 보는 행운을 누리다가, 마침내 루루의 현존인 "고양이 눈 성운"을 따라가게 된다. 루루는 3천 광년 너머에서 화자를 내려다보고 있다는 실존, 그것이 내면에 고인 울음을 걷고 안정을 주기 시작한다. 더 놀라운 것은 광대무변의 우주와 가장 작은 신체인 손바닥이 서로 몸 나누기를 하고 있다는 것이다. 우주의 축소 공간인 손바닥엔 아직 내 안의 울음, "퐁퐁 달리아"가 만발했지만 루루는 "달리아 붉은색을 밀어내면서" 아직도 날 응시하고 있다는 인식이 체화된다. 먼 별은 나의 정념의 균형추 역할

을 한다. 이제 화자의 슬픔은 생명체에 대한 연민이나 죄의
식을 덧붙이는 일을 넘어선다. 격렬한 슬픔과 고통은 이미
우주가 함께 몸 나누기를 하면서, 천체에 어리는 슬픔의 기
미를 띠면서 이미 화자의 슬픔은 핏기를 다 가셔낸 것으로
정화되어 나타난다.

　루루의 죽음이라는 슬픔에서 촉발된 정념이 우주적 확
산성과 손바닥으로의 수렴 과정을 가지고 있음을 보여 주
는 사례인데, "맥놀이되는 내 혈액형의 일부가/ 푸르고 연
한 시리우스 항성계의 내륙에서/ 고동쳐 왔다고 치자면//
하늘의 별들을 향하여/ 드럼 치기를 할 거야"(「소리굽쇠」)에서
나타나듯, 나온동희 시의 핏줄 속에 놓인 핵심적인 상상력
이라 하지 아니할 수 없다. 이런 풍경은 일상을 다루고 있는
이 시집의 다른 시편에서도 자주 확인할 수 있는 현상이다.
이는 나온동희가 의식적으로 지향해 온 것이라기보다는 그
의 기질에 따른 자연스런 귀결로 보인다. 그녀의 열린 시선
과 개인이 삶에 만나는 지점에서 빛을 발하는 시적 능력은,
시는 이래야 한다는 암묵적인 동의나 시단의 동향과는 전
혀 다르게 자신의 세계를 구축하고 있는 데서도 드러난다.
미묘한 편차를 보여 주는 그녀의 시들을 살펴보기로 한다.

　　당신의 저녁이 지워지는 건
　　나의 유일한 일이었으므로
　　손에는 자꾸 상처가 났다

결코 녹아서 사라지는 일이 없는 사과와

슬픈 부리 쪽으로 사라지는 눈동자들을

성실하게 견디고 싶은

천 개도 넘게 볼록한 저녁이었다

—「엠보싱」부분

비 온 뒤 하루나 이틀쯤 지난

흙을 밟아 본 적이 있다

햇살에 뒹구는 먼지처럼 아이들은 분주해도

막 시작된 봄같이 가벼운 웅성거림조차

흙이 있는 낮은 담의 경계를 넘지는 않았다

전나무 잎들은 어떤 힘으로 내려와 앉았는지 모를 일이다

흙은 조용했고

나도 조용히 밟았을 뿐이다

그러고 보니 처음 그를 본 날도

비 온 뒤 하루나 이틀쯤 지난

흙 같은 기억이 아니었나 싶다

—「하루 중 잠깐」부분

　　역시 슬픔의 감정을 이야기하는 방식이 독특하다. 「엠보
싱」에서 "슬픈 부리를 가진/ 새의 눈동자 같"은 저녁이 있
다는 것은 화자의 감정의 무늬를 이야기한다. 그것의 구체

적 표상이 엠보싱이다. 이 돋을무늬가 확산되는 건 "다정하지도 지루하지도 않은 저녁을 꾹꾹 누"름에도 불구하고 '나'도, 나무도 "무질서 있게 확산하"여, "가지마다 풍경이 부"푼다. "보일러를 껐는데 자꾸 방이 뜨거워진다". 나와 나무와 숲과 방이 모두 부푼다. 그런데 그때 "뭐가?" 하고 묻는 당신이 지워진다. 이때 나의 정념을 시인은 "손에는 자꾸 상처가 났다"고 말한다. 확산하는 슬픔의 돌올한 무늬는 사과만큼의 부피와 파문을 가진다. "녹아서 사라지는 일이 없는 사과"가 커질수록 "슬픈 부리 쪽으로" "눈동자들"은 사라진다. 결국 숲의 둥근 엠보싱을 저녁에 연결시켜 슬픔의 무한 반복과 확장을 노래하고 있다.

섬세한 시 「하루 중 잠깐」은 회감의 형식을 띤다. "비 온 뒤 하루나 이틀쯤 지난/ 흙"의 감촉은 풋풋하고 상쾌하다. 그러나 사랑의 기쁨과 소중함을 일깨우며 뽀송하기만 했던 흙이라는 것이 한때 사랑했던 '그'와 연관될 때는 어떤가? 그는 떠나고 오랜 시간이 지난 후, 시적 화자는 "햇살에 뒹구는 먼지" 같은 아이들의 분주에도 "막 시작된 봄같이 가벼운 웅성거림"에도 가라앉아 "어떤 힘으로 내려와 앉았는지 모를" 전나무 잎의 감정이 돼 버린다. 그의 부재로 인하여 흙의 감촉마저 쓸쓸해지고 "창을 닫는 낡은 손등으로 어둠이 미끄러지는/ 지금"의 감정이 "하루 중 잠깐" 나날의 여진으로 이어진다.

확실히 나온동희가 슬픔을 표상하는 방식은 사물, 자연, 외계를 포함하는 아우라와 같은 감정의 합일을 통한 것이다. 처연의 정념을 가두고 숨어서 슬퍼하는 것이 아니라 자연, 우주와 포기 나누기를 하며 감정이 우주에 파문을 이루도록 하여 함께 나누는 것. 그래서 그녀의 감정 표현의 방식은 새롭다. 그녀는 감정의 직선로를 달리는 것이 아니라 우회로를 통해 발설하고 있는 것이다. 그래서 이런 시를 읽는 독자들은 그 슬픔의 물결에 점진적으로 동화되게 된다.

2. 슬픔과 아름다움, 구분 불가능한 감정의 양가성

그러나 나온동희의 시에서 슬픔은 위로, 나아가 기쁨과 별반 다르지 않은 감정이라는 사실도 기억할 필요가 있는데, 몇 편의 시가 아주 낮은 목소리로 우리에게 말하고 있다. 이 순간, 시의 화자는 한없이 낮은 곳에 위치하면서 빠르게만 살아왔던 자신의 생을 느릿느릿 반추하며 자신의 내면을 더욱 골똘히 들여다본다.

내 등은 굽었고 굵은 옆선은
말라 버린 지 오래
카트리지 속으로 들어가는 건조한 필름처럼
가파른 계단을 헤엄쳐 내려가는 길도
늘 일정하다
한쪽이 떨어져 나간 현관문을 밀자

바닥에 웅크리고 있던 낡은 햇살들이
바닷속 고기 떼처럼
물속으로 흩어지며 가득
푸른 물이 드는 반지하
두꺼운 황금빛 딱지가 아문 상처마다
새 지느러미가 자라고
보일러실 아래에도 물풀이 돋는다

이렇다 할 세간 없는 방바닥에 누워
날아갈 듯 가벼운 하이힐들이
또박또박 창문에 박히는 걸
올려다보던 때가 있었다
창 쪽으로 바짝 얼굴을 디민 채
방금 떨어진 목련도 보고 싶었다

나는 다시 머리를 흔들었고
몸통도 따라 출렁거린다
공기 방울들이 환히 켜진 오스람 백열등 아래
은단처럼 부서지고
그것들은 나를 플라밍고단풍처럼 퍼덕거리고
더욱 출렁거리게 한다

내 작은 지느러미의 은반지 한 점 그윽하게 빛난다
　　　　　　　　　　　　　　　—「바닷속 풍경」전문

낮은 종소리처럼
어둠이 길 위에 가득할 무렵
노란 물탱크 옆 옥탑의 작은 창문 아래
이 층 베란다 한없이 한없이 아래
반지하 내 방의 창살에는
봄비처럼 불빛 쓸쓸히 내리고

그 집의 목련들
꽃잎은
당기지 않아도 먼지처럼 먼지처럼
내려와 앉다가
땅속에 그림자를 묻는다

한 무리의 새들
이미 날아간
흔적의 떨림이 지워질 즈음
나 이제야 눈 뜨고 자세히 본다
저 스스로 지우는 목련
혹 내 말처럼 사라진 목련을

　　　　　　　　　　—「저녁에 목련이 지다」 전문

　두 편 다 삶의 신산이 뚫고 들어올 틈이 없이 모든 것은 내
정념 속에 녹아 평화로운 순간을 보인다. 「바닷속 풍경」은
피로에 지쳐 "굵은 옆선"이 "말라 버린" 고기 한 마리로 돌아

오는 저녁 무렵의 풍경인데도 왠지 쓸쓸함의 감정들은 싹 가
셔져 있다. 백석의「내가 이렇게 외면하고」에서 보이는 정경
과 닮았다. 반지하에 스며든 물기로 일상은 서글픈 가난의
흔적을 보여 준다. 그러나 "바닥에 웅크리고 있던 낡은 햇
살들이/ 바닷속 고기 떼처럼" (파닥이며) "흩어"진다. 이어
"이렇다 할 세간 없는 방바닥에 누워/ 날아갈 듯 가벼운 하
이힐들이/ 또박또박 창문에 박히는 걸" 보는 시인의 내면은
불안을 넘어 어떤 신비한 위로와 말할 수 없이 은은한 삶의
기쁨과 의미를 즐기고 있다. "몸통도 따라 출렁거린다"거나
"플라밍고단풍처럼 퍼덕거리고/ 더욱 출렁거리게 한다" 같
은 말을 보라. 이런 수일한 비유와 만족감은 낮은 곳에 위
치한 시인의 자세를 보여 준다. 마치 시인이라면 가난과 피
로 속에서도 자신이 생각하는 비유를 써서 삶이 얼마나 달
라 보일 수 있는지 보여 줘야 한다는 듯 말이다. 「저녁에 목
련이 지다」는 소멸의 아름다움을 참으로 느긋하게 그린다.
"한없이 한없이 아래"는 화자가 위치한 거소이자 세상의 모
든 것을 껴안는 화자의 마음자리다. 그곳에서는 어둠도 종
소리처럼 내린다. 그러나 "반지하 내 방의 창살에는/ 봄비
처럼 불빛 쓸쓸히 내리고"에서의 "쓸쓸히"라는 말에 주목하
여 보면 세상과의 거리감을 느끼고 스스로 그들로부터 격리
시키려는 이중적 감정도 있음을 알 수 있다. 그것은 더러운
세상에 놓인 순수한 자아의 소외감, 격리감이다. 2, 3연에
서 우리가 주목하여 볼 점은 사물의 자발성이다. "꽃잎은/
당기지 않아도 먼지처럼 먼지처럼/ 내려"오고, 목련은 "저

스스로 지우"는 것. 두 편의 시에서 반지하에 위치한 화자는 세상에 대한 자발적 소외와 함께 자신이 점점 순수해지는 그런 기쁨, 아름다움을 추구한다. 이는 "내 작은 지느러미의 은반지 한 점 그윽하게 빛난다" 같은 구절에서 극명하게 드러난다. 얼마나 소담스럽고 얼마나 긍지에 찬 자존감인가. 이런 시편들에서 슬픔이나 소외 같은 감정은 기쁨과 즐거움과 쉽게 구분되지 않는다.

3. 상상계와 순환의 시간성

그러나 큰 맥락으로 볼 때 나온동희의 시에서 슬픔의 정념을 무화하는 방식은 그의 독특한 시간관에서 발생한다. 이런 시간관을 고찰하여 보는 것은 그녀의 시가 내장한 근원을 탐색하는 일뿐만 아니라 시 세계의 흐름과 변화를 살펴보는 데 꽤 유효한 척도가 될 수 있다. 「사과의 시간」 「잘 표현된 푸딩」 「당신의 벽에는 원래 시계가 가득했다」에서 그 면모를 살필 수 있다. 나온동희는 시간관을 천착하는 데서도 관념을 직접적으로 서술하기보다는 자연물이나 사물에 기대 우회적으로 형상화하여 그녀의 독특한 자양분으로 삼는다.

토마토는 오른쪽부터 읽어야 하지
바깥의 푸른색이

어제의 슬픔과 같은 비밀이 있는 것처럼

사실은 당신의 시계도 그렇잖아

골목의 환한 등이 저녁을 키우고
저녁은 동그란 구석들의 안부를 불러 모으고

테이블 위에선
잃어버렸던 시계가 새로 돋아나고
밤은 조용히 인사를 하지

와르르 흩어지는 몇 개의 오르간 소리들
시계는 잘라도 쿵쿵쿵 자꾸 자라고

싱싱해진 어둠은 더 이상 마르지 않고
휘파람들이 빈방에서 푹신하게 부풀어 오른다
　　　　　　—「당신의 벽에는 원래 시계가 가득했다」 부분

탁자 위에 놓인 사과를
접기로 합니다

어제 던진 공이

꽃 피는 속도의 행방을 알려 줍니다

슬며시 빠져나가는 사과의 시간

내 손가락이 사과에 닿기 직전
시간의 속성들은 다 겸손한 것이어서

다양하게 숨겨진 문양들이어서
나를 건너 어디론가 떠났을 것입니다

　　　　　　　　　　　　　　—「사과의 시간」부분

음력으로 치자면
오늘은 0으로 끝나는
손 없는 날이어서
푸딩으로 할 거야

오래 씹던 껌처럼 부드럽고
천천히 끈적거리고 싶은 푸딩과
깔깔깔 웃으며 신나는 오후를 보내야지

푸딩의 오른쪽에서 봄꽃이 지는 자리로
마음 깊숙한 곳에서 더욱 안쪽으로

무슨 일을 하여도 탈이 없으니

—「잘 표현된 푸딩」 부분

　사정없이 흐르는 현대인의 직선적 시간에서 시간은 계량화된다. 그것은 현대인의 일상을 간섭하며 괴롭히는 시간들이다. 나온동희가 이런 시간을 벗어나는 방법은 둥글고, 방울을 맺는 물렁한 시간, 식물의 시간을 이용하는 것이다. 그때 그녀의 삶을 결정하는 시간들은 "싱싱해진 어둠은 더 이상 마르지 않고/ 휘파람들이 빈방에서 푹신하게 부풀어 오"르는 물기와 설렘이 살아나는, "잘라도 쿵쿵쿵 자꾸 자라"는 싱그러운 시간(『당신의 벽에는 원래 시계가 가득했다』)이 된다. 토마토로 표상되는 이런 시간은 자라는 것이어서 "어제의 슬픔과 같은 비밀이 있는" "바깥의 푸른색"을 밀어내면서 온다.

　그러나 일상에 살고 있는 내 손길이 닿는 인위적인 양상을 띠게 되면 자주 그 속성을 잃어버린다. 「사과의 시간」은 그 양상을 구체적으로 보여 준다. 나는 한 번씩 "탁자 위에 놓인 사과를/ 접기로" 하고 그러면 "사과의 시간"은 "슬며시 빠져나가" 버린다. 어제 던진 둥근 공이 "꽃 피는 속도의 행방을 알려" 주는 것은 일상에 사로잡힌 나의 위험을 감지하는 사물의 안타까움이다. 현실이나 관계 속에 살아가는 '나'가 그만큼 위험한 것이다. 그것은 "내 손가락이 사과에 닿기 직전/ 시간의 속성들은 다 겸손한 것"이고, "사과를 찾지만 않는다면/ 어느 것이든" 사과는 달콤하다는 말에서도 드러난다. 사과의 시간은 현실에 사로잡힌 '나'가 붙들기엔 "다양하게 숨겨진 문양들이어서/ 나를 건너 어디론가 떠"나 버린다.

이 둥긂의 속성이 「잘 표현된 푸딩」에 잘 드러난다. 0이라는 숫자는 원래 계량화할 수 없는, 짝수에도 홀수에도 속하지 않고 또 어느 곳에도 속할 수 있는 속성을 가지고 있다. 그것은 또한 영원히 원점으로 회귀할 수 있는 순환의 양상을 가지므로 (그것이 시인에게는 "손 없는 날"이라는 심리적 평안으로 드러난다) 푸딩은 이런 순환마저 자유자재하게 하는 마력을 가진 행위다. "오래 씹던 껌처럼 부드럽고/ 천천히 끈적거리"기도 하며, "깔깔깔 웃으며 신나는 오후를 보내"는 마음의 상상계(imaginary)와 동위에 놓는다. 그러기에 어느 형체로도 자유로운 이동과 변형을 가능하게 한다. "푸딩의 오른쪽"은 자연스레 "봄꽃이 지는 자리로" 이동을 하는 것도 그렇고, "무슨 일을 하여도 탈이 없"는 양상과도 연결된다.

붉은색의 끝점들은
둥글게 모여드는 성향이 있으니

가로이거나
세로의 방향이 아닌 것들은
붉은색을 선호한다

…(중략)…

나는 동그란 문양을 한 총칭의 터널 속으로 질주한다

오늘 하늘은 맑고
어제는 토마토를 구워 먹을 것이다

나는 다시 가로이거나
세로의 방향으로 슬그머니 되돌아오고

—「미간」부분

헬륨을 품은 팽팽한 풍선이 되어
구름을 딛고 저 성단까지 올라가거나
우주의 웜홀을 횡단한다고 상상해 봐

쉬, 사실은 내가
지구에 파종된 별의 씨앗이라고 말해 줄까

목련 그늘이 서서히 번지다
한마디 없이 저녁 속으로 사라지는 것처럼
사라진 그늘은 다시
홀연히 번져 아침 마당을 당기고 있다

이 정도 별빛이면 오늘 밤은 심장까지 촉촉할 수 있겠군

동쪽으론 두 개의 태양이 뜨고
스마트폰 속 저장된 초록 뱀은 유성 같은 자기 꼬리를 문다

—「별의 씨앗」 부분

「미간」이라는 말은 '영적 자각과 깨달음'이라는 의미이지
만 그것에는 "나는 동그란 문양을 한 총칭의 터널 속으로 질
주한다"는 핵심적인 메시지를 기반으로 하는 역동적인 소
용돌이가 들어 있다. 이때 터널은 역설적으로 빛을 낳기 위
해 둥글게 돌아 나오는 소용돌이의 극점이다. 그 인식의 단
초는 "붉은색의 끝점들은/ 둥글게 모여드는 성향이 있"다
는 것이다. 놀랍지 않은가. 끝점들은 왜 둥글게 모여 고리
를 이루며 순환하는 걸까? 그것은 이성적이고 합리적인 사
고를 거부하는 것이기도 하고, 직선적인 시간관에 대한 반
작용이기도 하다. 그런 관점에서 보면 "가로이거나/ 세로
의 방향" 수직과 직선에의 거부는 사물들이 생래적으로 갖
고 있는 속성이요, "낯선 모양의 생기"다. 다시 빛 이야기로
돌아가자. 그 빛들은 "붉은색" "지속하는 푸른빛" "명명되
지 않은 빛들의 총칭" "빛들의 본래"라 불리는데, 이 빛들이
동그란 문양을 한 터널 속에 작용하는 에너지이다. 그 사물
을 일상에서 찾을 수 있다면 토마토 같은 것이 될 것이다("어
제는 토마토를 구워 먹을 것이다"). 이 시가 나온동희 시의 운동방
향의 근원적인 움직임을 보여 주었다면 「별의 씨앗」은 나온

동희 시의 정수가 되는 작품이라 할 만하다.

이 시가 「고양이 성운」을 비롯한 그녀의 여타 시와 다른 것은 '내'가 우주 내의 통로로 이동을 하며 천제를 이루는 근원 자리로 나타나고 있다는 것이다. '내'가 우주의 웜홀을 횡단하는 가상의 양상을 띠는 1연은 2연에 와서 완벽하게 자기 자리를 확보한다. 나는 "지구에 파종된 별의 씨앗"이다. 우리는 다시 한번 나온동희의 상상력의 유연성에 대하여 탄복하지 않을 수 없는데, 천제의 부분으로 존재하는 나를 서술하다가도 "스마트폰 속 저장된" "유성 같은 자기 꼬리를" 무는 뱀을 본다. 그런가 하면 "별의 운행"은 "크리스털 컵" 속에 새겨진다. 사물이 우주 전체를 담아 낸다는 선적 직관은 물론, 이는 우주와 나가 서로의 존재를 비추고 나누는 관계라는 것도 나타낸다. 나아가 "한 그루 내 생의 황금빛 오라를" "들여다"보는 내 생의 황금시대라는 기원에까지 닿는다. 이로써 우주와 나, 그리고 주변의 사물들은 긴밀한 연관성을 가지고 있을 뿐만 아니라, 서로 맞물려 있는 존재가 되고 있음을 알 수 있다. 이러한 미적 인식은 자신이 순환의 궤도 속에 놓인 존재임을 아는 데서 나온다. "목련 그늘이 서서히 번지다/ 한마디 없이 저녁 속으로 사라지는 것처럼/ 사라진 그늘은 다시/ 홀연히 번져 아침 마당을 당기고 있다". 소멸과 탄생이 반복을 거듭하고 있다는 것은 "초록 뱀은 유성 같은 자기 꼬리를 문다" "눈을 감아야만 비로소 드러나는 빛의 껍질" "별의 나이테" 같은 순환의 원리를 표상하는 기호에서 잘 드러난다.

4. 나오며

우리는 눈에 보이는 현상과 감정, 자연법칙을 절대적인 것으로 보는 오류를 범하고 있다. 그러나 하이젠베르크의 설명처럼 하나의 전자만 하더라도 어떤 때는 입자로, 어떤 때는 파동으로 나타나면서 다양한 모습으로 그 질료를 달리한다는 점을 생각할 때 인간과 인간, 사물과 사물, 사물과 인간의 자연, 우주와의 연관성은 엄청나게 넓게 열려 있다. 그것이 가시의 영역에서 발생하지 않는다고 해서 그 위대한 연관성이 없다고는 말할 수 없는 것이다. 예컨대, "횡단보도를 건너는 나는" "신중한 그녀의 그림자였다"(「소문」)는 진술이 인간과 인간의 관계라면, "바람은 몰래 숨죽이고 지나가는데// 이파리가// 흔들흔들 소리를 낸다"(「지금도 바람은 이파리를 지나고」)는 표현은 자연이 사물에 간섭하는 양상이라 할 수 있다. 또한 "먼지를 잡는/ 가장 확실한 방법은/ 침묵이다"(「침묵의 위치」)는 인간이 사물에 관여하는 양식이다. 그런 점에서 나온동희의 시는 인간과 인간, 사물과 사물, 사물과 인간이 자연, 우주와의 연관성을 준거로 잡아 그 사이에서 일어나는 정념과 깊은 사유를, 최대치의 상상력으로 끌어올려 우리 시단에서 보기 어려운 독특한 목소리를 보여 준다.

참으로 산뜻하고 깊은 시가 많은 시집을 열두어 편으로 설명하려니 힘에 겹다. 눈 밝은 독자들은 필자가 미처 언급하지 못한 나온동희 시가 가지고 있는 여러 가지 미학과 감성, 상상력의 가능성을 자신의 눈과 감각으로 읽어 주시기 바란다.